詩集　ヴァージニア・ウルフのいる風景

向井千代子

土曜美術社出版販売

詩集　ヴァージニア・ウルフのいる風景＊目次

Ⅲ　四季の風景

詩集　ヴァージニア・ウルフのいる風景

I　原風景

ひとつの風景

田舎道を
夕焼けに向かって歩いてゆく一団がある

真ん中に乳母車
乳母車を押す若い女
両側には幼い男の子と女の子

ただ黙々と歩いてゆく

記憶の底にある
そんな風景

目の前には
長い長い一本道が
家並に沿って伸びている

幸福からも不幸からも切り離されて
ぽつんと　風景だけが取り残されている

焼夷弾の光景

わたしには戦争の記憶がほとんどない
あるのは赤子の時に見た焼夷弾
爆撃機から落とされて
青空の中をゆっくりと降りてくる
複数の黒い塊り
全身を貫くキーンという金属音

子供の頃
忘れたはずのキーンという音が

何の前触れもなく　突然
わたしを襲った
すると
全身が硬直し
金縛りにあったように動けなくなるのだった

幼児期から
小学校中学年まで続いた　この怪現象
フラッシュバック
戦争の「戦」の字も知らないうちに
記憶に生々しく焼き付けられた
恐怖の一瞬

幼い頃

色褪せた赤い防空頭巾を見た覚えがある
あの赤い防空頭巾をかぶって
母の背中で
Ｂ29と焼夷弾を見たのだったろうか

青空を背景に
スローモーションで降下する
黒い影の群れ
地面に落ちて爆発するまでの
永遠のように続く
黒々とした礫《つぶて》の行進

幼子《おさなご》

プーさんのぬいぐるみを抱えて
幼子が走ってくる
きらきらと黒い眼を光らせて
嬉しそうに

幼子の姿に
幼い頃の自分の姿が重なる

戦争が終わったばかりで

進駐軍が村にやってきた頃
わたしはいつも飢えていた
狼のように
目をぎらぎらさせていた

幼い頃の自分に比べれば
目の前の幼子はまるで天使
何一つ影というものがないように見える

そんな子も
幼稚園に入り
小さな社会の一員となり
嘲り　笑い　いじめといった
棘が突き刺さり　影が生まれる

「やーい　やーい」と
はやし立てる声に取り巻かれ
傷つき　泣き
なにくそと思い
内に籠り　八つ当たりする

わたしの中の狼は
今はどこへ行ったか
今も腹をすかして
山の中をうろついているのかもしれない

聖域

山の裾野の斜面に建てられた生家
西側には樫の生垣があった
生垣の外には水が流れていた
並び立つ樫の木に守られた坂道を下ると
西の門があり
南側は黒塀で囲まれていた

門に沿う一番はずれの
一際大きい樫の木が私のお気に入り

枝が多くて登り易く
最先端は四方に枝分かれしている
そこに腰を下ろして
本を読むのが好きだった

誰にも煩わされずに耽る
自分だけの世界
木の葉のそよぎ
吹き過ぎる風
頭上に広がる青空と雲

樫の木の特等席は
私だけの聖域だった

同じ樫の木は今も存在する
けれど
枝を伐り払われて
見る影もない痩せた木になり果てた

しかし
あの樫の木は
今もなお
聖なる光に包まれて
思い出の中に
燦然と輝いている

泣くことに代えて

泣くことに代えて
歌を歌う人もいるが
わたしはいつも歩きたくなる

歩きながら
夕陽を見る

茜色の冬の夕焼け
靄のかかった野の景色

広がりの向こうに見える
ふるさとの山々の稜線

山並の向こうに
子供時代の情景が広がる
泣き虫だったが
笑い上戸でもあった

親が付いてきてくれなかった
入学式
教科書が買えずに
めそめそしていたわたし
桜の木に吊るした小石を見て
誰かが冗談を言い

みんなと一緒に笑って
泣くことを忘れた

子供のときは
あたりはばからず
大声を上げて泣くことに抵抗がなかった
むしろこれ見よがしの快感を覚えていた

今は
泣くことに代えて
いろんなことをする
詩を書くこともその一つだ

ノスタルジー

うねうねと
うねうねと　続く道を
幾曲りもして
過ぎてゆく　郷愁の幾場面

辿り始めれば
どこへ着くのかわからない
迷路の果ては忘却の闇

深夜営業のジャズ喫茶
耳を聾する大きさで流れくる音楽
ほっそりとした肩を怒らせて
傍らにうずくまる友
アイシャドウ、アイラインで強調され
マスカラを塗った長い睫毛を震わせる

クラスのマドンナだった彼女
何十年か後
黙って　この世の岸辺を離れた

九月初めの嵐の夜
地下の喫茶店で向かい合う男女
これまで誰にも告げたことのない告白

涙さえ流していた　蒼白の顔
闇の深さを押し分けて
時の迷路の中から次々と顔を出す
数々のシーン

「人生とは――　人生とは――」と
ためらいがちに呟いてはみても
その後に続く　決定的なセリフは見出せない

いつか途絶える　そのときまで
ただ　うねうねと
うねうねと　道は続く

三十年前の日記帳

探し物をしていたら
三十年前の日記帳が出てきた
そこにいたのは四十代のわたし

なんと
夫の横暴に
苦しんでいる

夫に反抗することを知らなかった

その頃のわたし
日々横暴に耐えながら
生きる道を探していた

夫の理不尽さは
今でもあまり変わらないが
わたし自身が変わった

事を荒立てても
反論する勇気
家出をする勇気
悪妻と言われようと
悪女と呼ばれようと

かまうものか
と
ひとつひとつ
実験のように
実践して
今日に至る

今では
わたしがわたしであることを
あなたがあなたであることを
素直に受け入れて
互いの道を歩く
赤の他人に近い夫婦である

木枯らし一号が吹いた日

木枯らし一号が吹いた日
身を縮こませながら
庭の草を取っていた
頭上を　風が通り過ぎた

何かがちがっていた
足りないものがあった
さびしさが
泡のように湧いてきた

室内に引っ込むと
風が窓を揺らし
打ち明け話をしていた
内容はわからず　物音だけを聞いていた

ひとりでいると
浮かんでくる
ひとりでいると
聞こえてくる

ひとりの世界の井戸の底まで
降りていって　探ってみたい
ひとりの中にいる

もうひとりの誰かの囁きを

その影のような人物こそ
本当のわたし
そんな気がして

そのひとは
わたしの知らない
本当の詩《うた》を知っている
そんな気がして

神田神保町

岩波ホールで映画を観て
古本屋街を歩く
ひたひたひた
押し寄せる波
カツカツカツ
靴音

鼻先を刺激する
カレーのスパイスの匂い

馴染んだ石畳
かつてよく訪れた種苗店が
飲食店に変じている

何度訪れたことだろう
この界隈
その一つ一つの時の標《しるべ》が
落葉となって
散り敷き　香り立つ

変わるものと変わらぬもの
同居して
古い本と新しい本とが
肩を寄せ合う

ＣＤやレコードの山もある

還らぬ日々が
石畳の上に無造作に
積み重ねられて
聖なる光を放っている

空は厚い雲に覆われ
今にも雪になりそうだ

誰もいない部屋

誰もいない部屋に
物憂げに音楽が流れる

家主は
ちょっとした用事を果たしに
出て行ったきりまだ戻らない

切々と唄うメロディー
泣いているようにも

恨んでいるようにも聞こえる

こんなふうに
人は　ある日
ふと
気まぐれに旅立ち
そのまま帰ってこないのだ

それを想うと
怖いような
さびしいような
そのくせ
気が楽になるような
気がする

別れのときが
近づいている
刻々と迫る

それでも
人は
それに気付かぬように
さりげなく家を出てゆく

惻々《そくそく》と

庭に黄色の薔薇が咲きそめた夕べ
静かな一日の後に
惻隠の情に似た
なつかしい想いが押し寄せる

それは聴き慣れた
バロック音楽の調べにも似て
薔薇の香りでわたしを包み
抱《いだ》き寄せる

遠く空の上から
母の声が聞こえる
地平の果てから
父の声が聞こえる

終わってみれば
すべて束の間のことであった
その束の間が
曇り日の夕暮れの時間に
こんなにも深く　きらびやかに
輝いている

すべてが許され

とうとう辿りつくべき
終わりの時を待っている

微笑みを浮かべ
わたしもすべてを許します　と
声に出さずに答える

惻々と歩みゆく影は
人でありながら人ではない
それは　ただ
いのちの落とす影
いのちの漂いとゆらぎ

II

ヴァージニア・ウルフのいる風景

横顔

ヴァージニア・ウルフを初めて読んだとき
彼女の横顔が浮かんだ
斜め前方から見る
端正な　若いヴァージニアの横顔

果実を思わせる瑞々しい肌
思いつめた表情
背後に漂う只ならぬ気配
踏切の警報音が聞こえるようだ

「この人は何に悩んでいるのだろう
その悩みを知りたい」と思った

十九世紀末に生まれ
第二次世界大戦のさなかに自ら生命《いのち》を絶った作家
鋭い知性と柔らかな感性に恵まれた作家

ウルフよ
今のあなたは
その内に秘めた
人に告げることあたわざる
苦しみから解放されたのか
あなたを狂気の淵に追い詰めた者たちへの

怒りから解放されたのか

大きな磁力を持つ
その闇の深さ
闇の原因を繙くために
あなたは
「ああでもない　こうでもない」と
自問に自問を重ね
独自の世界を開いた

そう
だからこそ
ウルフよ
あなたは今も

多くの女性たちを引きつける

あなたは
この理不尽な世の中にあっても
絶望に陥ることなく
勇気を持って
間違ったことにはＮＯ《ノー》を唱え
手さぐりで真実を求め
堂々巡りには終わらない
新しい解決の道を探れ
と
今もなお
私たちに叫び続ける

＊　ヴァージニア・ウルフ（Virginia Woolf, 1882-1941）
イギリスの小説家。「意識の流れ」の小説家として知られる。代表作は『ダロウェイ夫人』『燈台へ』『波』。『私だけの部屋』は女性と文学を扱い、フェミニズム思想の原点を成すエッセイである。

ウルフの燈台

日記帳を開いて思う
自分の　本当にやりたいことは何だろう
本当にやりたいことは何かも考えずに
習慣と惰性によって日々をやり過ごしている
その結果がこれだ
散らかり放題の部屋
整理のつかない頭の中

人には意識があるというのに

意識が方向性を持たない
あっちこっち拡散して何ら像を結ばない
死んだあとで焼却炉の中で
しまった！　と反省しても間に合わない

もう一度聞く
お前の本当にやりたいことは何だったのか
ウルフを長年研究してきたお前なのに……

今からでも遅くはない
ウルフを繙き
ウルフを理解し　ウルフのメッセージに耳傾けよ

人は一人で生きているのではない

時代の波の中で
同じ傾向を持った人々が惹かれあい
肩を寄せ合って新しい動きを作っていく

あちこちで地震が起き　火山が爆発し
テロ行為が日常的に発生し
簡単に死者の山を築いている現代

この
おぞましい
爛熟した資本主義の
末期症状の時代に
清新な風を吹き込む
ウルフからのメッセージとは何か

降りてゆくこと
自分ばかりを主張するのではなく
自己も他人も生かすための視点を得るために
深く沈むことだ

千尋の海の水底で
お前は新たな眼を獲得し
初めて見るだろう
この世を超えた世界を

地獄も極楽もない
阿修羅も畜生道もない
あるものは

今ここに　今ここに＊
厳然としてある永遠
今を永遠に生かすのだ

孤高の様相で波間に屹立する
まっすぐに伸びた一つの塔
ウルフの燈台

ウルフの意識の風が
お前の肉体を吹き通り
肉体の楽器を吹き鳴らして
新しくも　古い
メッセージを伝える

今ここに
今ここに
と

＊「今ここに（Here and Now）」はウルフの究極的に辿りついた境地。

モンクス・ハウスの想い出

イギリス南部サセックス州、ルイス近くのロドメルという小村にあるモンクス・ハウスはヴァージニア・ウルフの最後の住まいである。モンクすなわち僧侶の住む家を思わせる黒い屋根の家には広い庭があるが、他にウルフが書き物をするときに使ったという温室風の平屋がある。庭は緩い傾斜をなしていて、そこを下った先にはウルフが入水自殺を遂げたウーズ河がある。川べりの広大な草地には牛たちが放牧されている。反対側にはサウス・ダウンズと呼ばれる低い丘のような山々の連なりがある。

理性的なロジックの果てに
狂気と正気の間を行き来した作家に魅せられて

オックスフォードから電車を乗り継いでやってきた
ウルフの晩年の住まいモンクス・ハウス
中に入ることあたわず家を巡って覗きこめば
村の悪童たちがもの珍しそうに集まる

石灰質の白い土山の上に
血の色をした雛罌粟《ひなげし》の花びらが散り敷き
野茨《ドッグローズ》の香りが漂う

五十九歳のウルフが入水自殺をした
ウーズ河の土手へと道を辿る

川幅は思いの外広く
水草がびっしりと川床を蔽っている

河口に近いのか
潮の満ち干で水面の高さが変わる

岸に座り込んでいると
近くにいた白鳥がしきりに
羽を広げて威嚇する
雛のいる白鳥だった

川岸で出会った村の住人の中年女性から
前年に亡くなった夫君レナードの話を聞く
犬の好きな人だったとか

七年後
ふたたび訪れたモンクス・ハウス

今度は住人がいて
親切に案内してくれる
サセックス大学に研究に来ている
アメリカ人のウルフ研究者

恐る恐る
初めて入るウルフの家
庭には
ウルフの胸像があり
金属板に
「ヴァージニア・ウルフは無神論者だったので
この下に遺灰が埋めてあります」とある
隣りにはレナードの遺灰が埋まる

ふと見ると
モンクス・ハウスの隣りには
小さな教会があった
無神論者の家の隣りが教会とは　と可笑しかった

生涯で二度しか訪れていないウルフの家
記憶の中に残る家は
地味で無口
初めて訪れた時の夏の　遅い夕陽に照らされて
今もなお　記憶の中に赤々と輝く

＊　モンクス・ハウスを初めて訪れたのは一九七〇年八月のことであった。

内への旅

オーボエの音色に導かれて
まだまだ続く内への旅
何故このような旅を続けねばならないのか
理由もわからないまま
本能のように
先へ先へと進む
進んだつもりで同じ円周上を
廻っているのかもしれないが

今日の夕焼けの素晴らしさ
大きく横に棚引く龍の腹のような雲が
青空にたくさんの帯を作り
桃色に染め上げられている
太陽の姿は隠れていて
一筋縦に伸びる
蒼黒い透きとおった雲が
筆先の過ちのように走っている

少し離れた斜め上には三日月

オーボエがスピードを増し
調子を上げる
快活な音色に追われて

内へ内へと進む
わたしの旅は歩く速度で続く
一歩一歩に
こころを込めて
ゆるやかに

足裏に滑らかにあたる草
草地はほんの少し登り坂になっている
黄昏が夕暮れへと変わりゆき
夕月の色が黄色みを増す
辿りゆく歩みの足裏への感触
その味わいこそ
生きる歓び

それは未だ知られざる
もう一人の自分への旅
旅の終わりには
必ず会えるはずだ
と呟きながら
瞬きはじめた
星空の下を歩む

時の歩み

過去は、現在が深い川の滑らかに流れる水面のように静かに流れる時にのみ立ち返ってくる。そんな時、人は表面を透かして深みを見る。こうした瞬間に、私は最大の満足を覚える。それは過去のことを考えているからではなくて、そんな時こそ最も十全に現在に生きているからである。

（V・ウルフ『存在の瞬間』）

台風が過ぎたばかりの
八月の黄昏
バロックの調べに揺られながら

時の歩みを測る

それは早いのか
　　遅いのか
重いのか
　　軽いのか

調べの速度は流れのようで
表面の流れと泡沫《うたかた》の
そのまた下に
別のゆったりとした
たゆたうような歩みがある
暑苦しい湿った空気の底に
別の寒々とした気配があるように

それは　深い　深い河のよう
表面を流れゆく
病葉《わくらば》や草の葉
それはそれとして
底の方には悠々と泳ぐ小魚がいる

流れの中ではじける
わたしの生
わたしの生がわたしを失って
あなたや彼や彼女の生と混じり合う

時の歩みは不思議だ
だから

わたしはわたしであって
わたしではない
わたしのいない流れの中に
わたしがいる

踏みこむのではなく

踏みこむのではなく
じっと動かずに待つ
何物かが動き出すのを

人生は
意識と無意識の連なり
統御できない無意識の働き
恐ろしくもあり

有り難くもある

無意識の海に浮かぶ
幾つかの意識的な行為
そしてことば

これまた恐ろしくもあり
尊くもある

自分とは何だろう

自分とは所詮
とらえきれない
波間に浮かぶ泡沫《うたかた》

目を閉じて流れに身をまかす
どこまで責任を負えばよいか
どこまでしらを切ればよいか

いつまでも執拗に追いかけてくる
怒りや恨みつらみもあれば
やさしく包みこむ慈愛の手もある

人生とは所詮ままならぬもの
許すも許さぬもない
今ここにある現在を
確かめつつ　歩むのみ

Ⅲ　四季の風景

ボレロ*

囁くような
怪しげな音で始まって
だんだん押しつけがましく迫ってくる

同じ旋律が執拗に繰り返され
悪魔の笑い声のようにも
遠くから近づく軍隊の行進のようにも聞こえる

不思議な曲「ボレロ」

ボレロを闇の中で聴くのは
やめたほうがよいかもしれない

冬の道を風に吹かれて
所在なく歩き
目を細めて入日を眺める

裸木《はだかぎ》の梢が伸びて天空を突き刺す
鈍い痛みが心臓を貫き
忘れかけていた苦い思いが噴き出す

ボレロを作ったラヴェルの心境は
どうだったのだろう
演奏するオーケストラの団員はどう感じるのだろう

ボレロの旋律に乗って
散歩道を歩く
傾いた陽が無言で合図を送る

人生は一塊の夢
愚か者の踊るダンス曲に過ぎない
人生は所詮　ボレロ

＊「ボレロ」　モーリス・ラヴェル作曲のバレー曲。

アランフェス協奏曲

雨水と呼ばれる季節の
わびしい雨の午後
けだるさに押しつぶされて
沈みがちな停滞の中で聴く
ギター曲

そこはかとなく
スペインの風が吹いてきて
萎れた鉢植えの花が水を得て

身をもたげるように
身内から身をもたげる感覚がある
荒々しい感情というのではなく
胸の奥からしずかに湧いてくる思い

昔　ドン・キホーテが戦った
風車の建つ
枯草の生えた丘を
一人の若者が
ギターを背に登ってゆく
空は薄青く広がり
丘の枯草の間には
ごつごつとした岩が見える

悼むように
澄んだ旋律が流れ
流れにかぶさるように
慰めるような
呟くようなギターの調べ

一対の耳と化して
人は聴く
そして
深くうなずく
深くうべなう
時が流れ
空間がひろがる

まなざし

黙って坐っているとき
黙々と野川のほとりを歩いているとき
いつも意識している
目に見えないまなざし

びくびくしているわけではないが
絶えず　心から離れない

一日が過ぎ

もう一日が過ぎ
季節が進む

川ほとりを歩き
鴨や白鷺の姿に目を引かれながら
意識の底には
いつも
あのまなざしがある

まなざしを意識しつつ
歩むうちに
いつしか
物言わぬまなざしが
守護霊か守護神のように思えてきて

落葉した桜の枝を見上げる

そのときだ
この世だけの域を超えた
ひとすじの川が
細々と　流れはじめるのは

春

湧き水が
池の底からごぼごぼと
溢れるように

空に舞い上がった
雲雀が休む間もなく
歌いつづけるように

いつも

胸の底から
溢れる思いがあればいい

春の野辺を歩いていると
小川の流れの音に合わせて
いつしか
鼻歌を歌っている

遠くの山から吹いて来る
冷たい風が
頬をかすめても
へっちゃら

空は青く晴れて

遠くで雉も鳴いている

よろこびも
かなしみも
みんな
文句も言わずに
受け入れて
すっきりと
背筋伸ばして

溢れる思いを
自由に語れる
そんな自由があればいい

ことば

終日《ひねもす》続く春の雨
雨のヴェールに閉ざされて
ことばについて考える

過ぎゆく時を捉え
とどめるために
ことばがあるように思えるが
過ぎゆく時は無常に過ぎて
人はいつの間にか「時」に追い越されている

浮遊感覚でもない
虚脱感でもない
「時」に追い越され
置いてきぼりになりながら
きょろきょろと宙を見据え
あっぷあっぷしながら
「時」を超えようとしている

己がやがて消えてゆくことを知りながら
じたばたと抗い　叫び
喚いているうちは
まだまだ　ひよっこ

己がやがて消えゆくことを
一つの恩寵と心得て
日々ことばを書きつけることに
無上の喜びを覚えるようにならなくては
本物ではない

感じること
耳を傾けること
じわじわと沁みて来るのか
湧いてくるのかわからないが
一瞬一瞬の今の中から
マジックのように
取り出すことば

新緑の林

新緑の林には
さまざまな緑がある
黄緑色　茶色がかった葉
花のように白っぽいものや
ピンクがかった葉まである

下草のあいだには
タチツボスミレや
キジムシロ

せわしなく木の間を飛び交う小鳥
姿を見せずに高い梢で声を震わせる
小鳥もいる

湿った沢には
「の」の字を描く羊歯の芽吹き
原生林めいた
うす暗い　林の中を
彷徨ううちに
いつしか春の憂いを忘れ
自分という存在の角々《エッジ》を失う

どこまでも
奥深く

分け入ってゆきたい
どこまでも
続いていてほしい
新緑の林

こもる

念入りに
余すところなく
大地を濡らし
地中深く潜り込む五月の雨

今日は雨でよかった
毎日　昨日のような暑さでは
身体が持たない
地面も干上がり

植えたばかりの胡瓜や茄子が
悲鳴を上げる

雨なので
家にこもる
部屋にこもる
蒲団にもぐり込む

音楽を聴きながら
肉体を離れて
どこか知らない宇宙の片隅の
ブラックホールにもぐり込み
蓑虫よろしく宙ぶらりんになる

放心状態
夢遊　浮遊の状態で
内なる縛りをふりほどく

こもりつつ
揺られつつ
もこもこ　ふらふらと
たましいの臍《へそ》の緒を
絶ち切る寸前までたどりついた

と思ったら
いつのまにか雨が止んでいて
西空の明るさに我に返る

秘密

何かを探っていました
何を探っていたのか
あまりにも退屈な午後
平凡過ぎる日々に飽きて
変わったことをしてみたかったのかもしれません

サンダルをつっかけて
トコトコ小道を歩いて
小川のほとりでぼんやりと

水面を見詰めながら
探っていました
水底に隠された秘密を

青田を渡る風が
耳元で囁きかけた気がして
ふり返ると
曇り空のひとところに
鈍く白い太陽の影が見えていました

ひとは
長く
長く生きても
結局

何もつかめぬままに
こうして消えてゆくのですね

いっそ一思いに
この増水した川のなかに
身を投げ入れて
探ってみましょうか

あっぷあっぷしながら
きっと何か
永遠に残る何かを
つかめるような気もするのですが

燃える

雨に濡れて
彼岸花が燃える
利根川の土手

雨の中で
蕎麦の花がけぶる
関東平野の畑

燃える

けぶる
燃える

雨の中で
迷うように
咽ぶように
燃える

雨の空は続く
戦火と殺戮に喘ぐ
砂漠の果てまでも
砂漠では雨は降っていないけれど
殷々と憎悪の火が燃える

己のみならず相手をも焼き尽くすような
火が燃える

火の勢いを止めようとするかのように
雨が降る
関東平野に雨が降る

砂漠の果てまでも届けと
ただひたすらに
雨が降る

北国の喫茶店

夢の中で
北の町を
ふらふらと歩いていると
昨年急に辞めて
音信不通になった同僚が出てきた

「おや　おや　おや
これはどうも」
彼はにっこり笑って

一軒の喫茶店に招きいれた

「実は前からあなたに言いたいことがあったんですよ」
と　奥に入って何かを持ってくる
すると彼はこの店のオーナーなのか?
持ってきたのは私の詩の原稿
「ほら　ここをこう書き換えるといいですよ」

夢から覚めても彼のことを考えていた
二十年以上も同じ職場で働いていた
今頃どうしているかしら
心臓が悪いと聞いたことがあったが
病気でなければいいが
それにしても彼が詩に関心を持っていたなんて

人生を過ぎていく人々
ひと時こころを通わせあっても
別れればそれでお互い
影法師になる

旅の一夜
さびしさの隙間を縫って登場した
行方不明の影法師
ひと時こころを一点に寄せて
面影を追う

答えを出さないこと

胸の内に渦巻く問
本当は
その問に答えを出さないことが
一番正直なことかも知れない

それでも　毎日　毎日
一応の答えを出して
前へ前へと　突き進む

夜
誰も見ていない空に
たくさんの星が輝いている
そんなとき
これからは
答えを出さない生き方を
貫いてみようかと思う

それもできるのではないだろうか
いや
それが一番いいのではないだろうか
キーツの「消極的受容力《ネガティヴケイパビリティ》」のように
黙ってしずかに

耐え忍び　受け入れ
答えを声高に叫ばないこと
冬空に輝く星を眺めながら
そんなことを思っている

星は答えをくれないけれど
きっと
答えのないのが星の答え

＊　イギリスのロマン派の詩人ジョン・キーツ（John Keats, 1795-1821）は消極的受容力（Negative Capability）を理想とした。

あとがき

『ヴァージニア・ウルフのいる風景』というタイトルは二〇一六年、七月頃浮かんできたタイトルである。連作的にいくつか書いたが、うまくまとまらず、思ったほどたくさんは書けなかった。ほとんど未発表であるが、今回の詩集にはあえてそのタイトルを付けた。というのも私の人生そのものがウルフを中心にして廻ってきた部分がかなりあるからである。大学時代にウルフと出逢い（卒業論文にはE・M・フォスターを選んだが）、修士論文のタイトルは「ヴァージニア・ウルフの現実」であった。ウルフは私にとって最も親しい作家であり、人生の導き手であったように思う。

「『今ここに』はウルフの究極的に辿りついた境地である」と、「ウルフの燈台」の注に書いたが、その根拠となった文章をここに紹介しておこう。それは『歳月』（*The Years, 1937*）の最終章にある、老年に達したエリナーの呟きである。

もう一つの人生があるにちがいない。（中略）夢の中にではなくて、ここに今、この部屋の中に、生きている人々と共に。彼女は断崖の縁《ふち》に髪をなびかせて立っているような気がしていた。たった今、自分をすり抜けていった何かを摑みかけていた。もう一つの人生があるにちがいない、今ここに、と彼女は繰り返した。これではあまりにも短すぎる、あまりにも断片的過ぎる。私たちは何も知らない、自分たちのことですら。私たちはたった今、理解し始めたばかりだ、ここかしこで、と彼女は思った。

もっと組織的かつ意識的にウルフを中心とする詩を書き溜めておけばよかったのだが、今回はウルフ関連の詩をⅡにまとめ、Ⅰは原風景として自分にまつわる詩を、Ⅲは四季の風景としてその他の詩をまとめてみた。執筆年代は二〇一六年から二〇二一年までに渡る。発表した詩もしなかった詩も入り乱れているが、あえて発表場所を記載しなかった。主な発表場所は「小樽詩話会」「漪」「つむぐ」「晨」「詩と思想」などである。

コロナウイルスによるパンデミックが始まってから三年が経ち、世界の景が変わった。加えて今年はロシアによるウクライナ侵攻があり、未だに戦いは止んでいない。こんな中で、人は生き続けている。人間は余りにも幼稚であり、成長していない。ウルフの言うように、一人一人の人間が、もっと断片的でなく生きる生き方を摑めれば、世界はもっと良い場所になるだろうに。私たちの出すCO_2のために地球が温暖化し、異常気象に見舞われている今、何故ミサイルなどを飛ばして人を殺す必要があるのだろうか。

そんな現実を前にして詩の力は無力である。人が長い人生を生きて、学んだことも、その人の死を以ってすべて失われてしまうものなのだろうか。いや、そうではない、と言いたい。その証拠の一つがウルフの作品であり、ジョン・キーツやP・B・シェリーの詩であると言いたい。

私自身の詩はそれほどの力はないけれども、今まで生きてきた中で考えたことの一つの証しとしてここに発表できることは確かな喜びである。

本詩集は土曜美術社出版販売の高木祐子社主の編集によって出版されることになりました。祐子様には拙い原稿を丁寧にお読みいただき、アドバイスをいただき、最終的にはこのような形になりました。心より御礼を申し上げます。また、装丁を手がけてくださいました直井和夫様にも御礼申し上げます。

二〇二二年十二月十四日　姫宮にて

向井千代子

著者略歴

向井千代子（むかい・ちよこ）

1943年　栃木県生まれ
　　　　早稲田大学大学院文学研究科博士課程満期退学
　　　　白鷗大学名誉教授

日本詩人クラブ、埼玉詩人会、新英米文学会会員
「晨」同人、「つむぐ」編集員

詩集　『いぬふぐり』（むかいちよ名義）『きんぽうげ』『白木蓮』
　　　『ワイルド・クレマティス』『ひたひたひた』『白い虹』
童話集　『夢の配達人』（むかいちよ名義）
編著　『人は何によりて生かされているのか』（亡母の詩集）

現住所　〒345-0812　埼玉県南埼玉郡宮代町姫宮 401-11

詩集　ヴァージニア・ウルフのいる風景《ふうけい》

発行　二〇二三年六月十日

著者　向井千代子
装丁　直井和夫
発行者　高木祐子
発行所　土曜美術社出版販売
〒162-0813　東京都新宿区東五軒町三—一〇
電話　〇三—五二二九—〇七三〇
FAX　〇三—五二二九—〇七三二
振替　〇〇一六〇—九—七五六九〇九
印刷・製本　モリモト印刷
ISBN978-4-8120-2776-9　C0092